KB128029

내가 사랑했던 그때

너의 행복의 힘은
아픔보다 강해.

내가 × 사랑했던 × 그때

노지은 시집

지금의 나를 기록하기 위해

지금의 생각이 도망가지 않도록

– 본문 중에서

바른북스

쓰
다
───

지금의 나를 기록하기 위해

지금의 생각이 도망가지 않도록

그리고 나의 아픔이 또 오지 않길 바라며

혹여나 또 오더라도

이 기록을 보며 잘 넘어갈 수 있길 바라며

목차

쓰다

1장
_____

힘들지?

공 / 감 / 의 / 이 / 야 / 기

2장
수고했어

위 / 로 / 의 　 이 / 야 / 기

3장
이젠 행복

희 / 망 / 의 　 이 / 야 / 기

END

공감의 이야기

힘들지?

✦ 응급처치

그 시절
내 상처에 필요한 건
붕대와 응급실이었는데
붕대를 달라고 할 수도
응급실에 갈 용기도 나지 않았다

그래서 난 내가 가지고 있던
반창고로 겨우 버텼다

어쩌면 그때 응급처치를 제대로 못 해서
지금까지 아픈 건지도 모르겠다

내가 사랑했던 그때

✦ 계속

나는 지금처럼 계속
평생 불행하고 우울할 거야

뭘 해도 나아질 수 없을 거고
상황이 달라진다면
더 안 좋은 상황으로
바뀌는 것밖에 없을 거야

왜냐면 다 내 잘못이고
난 벌을 받고 있는 거니까

행복했던 과거로 돌아갈 일은
절대로 없을 거야

내가 했던 가장 잘못된 생각

✦ 스마일

너의 웃는 모습 하나로
난 안심해

네가 울고 있을 때면
같이 울고 싶지만
그럼 네가 속상해할까
울음을 속으로 삼켜

내가 행복하길 바란다면
날 웃는 모습으로 맞이해줘

내가 사랑했던 그때

✦ 우울

너 참 나쁘다

날 이렇게 괴롭히고
아무 말도 없이 떠나 잊게 만들었다
다시 찾아와 또다시 힘들게 만들어

참 나빴다 너

✦ 그리움

보고 싶다
그립다

행복이
사람이
사랑이

내가 사랑했던 그때

✦ 호오

너의 상처에다
호오 불어줄 수 있는 여유가 생기길

호오 불고 난 뒤에는
나의 상처도 따뜻하게 감싸줄 수 있길

✦ 눈물

힘이 들어서
지쳤으니까
눈물이 나는 거겠지

혼자 엉엉 크게 울든지
숨죽여 눈물을 애써 삼키며 울든지
어떤 형태든지
눈물은 눈물이다

눈물만큼 조절이 안 되는 게 없더라
그냥 줄 줄 줄 줄

내 힘듦도 이렇게 흘러갔으면 좋겠다

줄

줄

줄

줄

✦ 일과

아침에 일어나 씻고
누구보다 멋지게
하루 일과를 마치고
저녁에 들어와 잠을 청한다

아침에 일어나 씻고
누구보다 멋지게
하루 일과를 마치고
저녁에 들어와 잠을 청한다

아, 힘들다

내가 사랑했던 그때

✦ 솔직하게

나 힘들어요 도와주세요
솔직하게

나 지쳤어요 도와주세요
솔직하게

말할 사람이 있다는 것
말할 용기가 있다는 것

✦ 제자리

열심히 걸어봐도
열심히 뛰어봐도
항상 제자리인 것만 같아

이 쳇바퀴 같은 삶만큼
힘 빠지는 게 있을까

얼마나 버텨야 제자리에서
벗어날 수 있을까

내가 사랑했던 그때

✦ 밤비

밤이라는 배경 속
비라는 감정

꼭 지금 내 마음 같다

어두운 배경 속
슬픔이라는 감정에
젖어가는 마음

✦ 춥다

겨울로 충분한데
나 혼자 있는 밤도
참 춥다

아무리 이불을 덮고
보일러 온도를 높여봐도

여전히,
춥다

내가 사랑했던 그때

✦ 안부전화

여보세요?

어, 뭐해?

그냥 뭐… 지내지

.

.

.

항상 못했던 말,

전화해줘서 고마워

✦ 낮잠

굳이 굳이 눈을 감아 자던
억지로라도 눈을 붙이던
눈을 뜨고 있고 싶지 않았던

그래서 자던 잠의 이름

낮잠

내가 사랑했던 그때

✦ 조종

사람의 마음을 조종할 수 있다면
얼마나 좋을까

그럼 모두에게 사랑받을 수 있을 텐데
조종할 수 없으니 이제 인정하자

모두에게 사랑받을 수 없음을
모두가 날 좋아할 순 없다는 걸

✦ 처럼

그 사람처럼
그때처럼

그 사람처럼 내가 살고
그때처럼 내가 살았다면
그랬다면 좀 덜 힘들었을까

진짜 그랬다면 너무 후회가 되니까
이렇게라도 생각하며 위안 삼아본다

그 사람이라도 아픔이 있었을 거야
그때라도 행복하진 못했을 거야

분명히

✦ 주문

내가 행복해질 수 있을까?
내가 괜찮아질 수 있을까?
내가 나아질 수 있을까?

그래서 간절히 주문을 걸어본다

행복해져라
괜찮아져라
나아져라

✦ 이별

이별은 너무 어렵다
헤어짐도 너무 어렵다

정이 많고 다정한 사람은
이별과 헤어짐이 어렵다더라

어라 그럼 난 정이 많고 다정한 사람인가?
그랬으면 참 좋겠다

나도 누군가에겐 따뜻한 사람이었기를

✦ 선생님

"선생님 도와주세요."

내 마음속 깊이 박힌 한 마디
몰라줘서 미안해

제일 전하고픈 말
선생님 이렇게 부족한 제자라
제가 더 죄송한 걸요

그때 도와주셔서 너무 감사했어요
그때 꼬옥 안아주셔서 너무 감사했어요

선생님, 저도 꼭
선생님 같은 어른이 될래요

✦ 친구

얼마나 힘들었을까
나와 같은 아픔을 느끼진 않았을까
생각이 들어
그저 눈물밖에 안 나온다

내가 해줄 수 있는 건
자주 연락하고 꾸준히 신경 써주는 것밖에
없다는 걸 너무나도 잘 알기에

하지만 사소한 연락이
언제는 살아갈 이유가 되기에
오늘도 내일도 연락해본다

아프지 마 친구야
우리 같이 오래 살자

✦ 짐

내 가슴을 후벼 파던 말

"넌 나의 짐이야."

안 그래도 짐이라고 생각했었는데
직접 들으니 더 죄책감이 든다

그렇게 짐 같으면 날 버리고 가지
원망도 하면서

내가 어쩌다 짐이 되었을까
후회와 자책도 많이 했다

그래도 짐 같은 사람이
되고 싶진 않았는데

속상해

✦ 시간

1초
2초
3초

내가 쉬고 있을 때도
내가 뭔가 하고 있을 때도
언제나처럼 잘만 흘러갔다

가끔은 멈추기도 하고
빠르게도 흐르고
그렇게 지내주면 안 되겠니

네가 멈출 땐 나도 멈춰보고
네가 빠르게 흐를 땐 나도 달려보게

내 삶의 메이트가 되어주면 안 되겠니
시간아 부탁할게

내가 사랑했던 그때

✦ 전염

내 감정이 전염될까

함부로 말하지 못하겠어
나처럼 힘들어지면 어떡해
그런 일은 절대로 있어선 안 돼

왜 감정에는 전염성이 있어서
내 상황도 못 말하게 하는 걸까

감정의 전염성이 사라졌으면 좋겠어

그래도 말하면 좀 후련하거든

✦ 곰인형

내가 혼자라고 느껴질 때
내가 밤이 무서워질 때
눈물이 멈추지 않을 때

내 눈물받이가 되어주었던 곰인형

곰인형 같은 존재가 되어줄
사람이 어디 있을까

애초에 눈물을 받아줄 수 있는
사람이 있긴 한 걸까

✦ 아이들

놀이터에서 해맑게 뛰어노는 아이들
저마다의 고민이 있다지만

나는 너희가 왜 이렇게 부러울까

나도 해맑고 싶다
나도 뛰어다니고 싶다
나도 놀고 싶다

나도 해맑게 뛰어놀고 싶다

✦ 어른

저는 캥거루 같아요
여기저기 뛰어다니거든요
그래서 집에서는 좀 쉬고 싶어요

우리는 안 돌아다니는 줄 알아?
왜 우리랑 다른 취급을 받기 원해?
.

.

언제는 어려서 안 된다면서요
이번에는 왜 똑같은 취급 해요?

헷갈려요
하나만 해주세요

너무 서러워 엉엉 울었던 그때
지금까지도 생생하게 남아있다

내가 사랑했던 그때

✦ 핸드폰

어렸을 때 핸드폰이 되었으면
좋겠다고 생각했다
방전되면 알아서 충전해주고
항상 날 찾으니까

근데 핸드폰도 치열하게 살고 있었다

사람들은 좋은 성능을 원하고
그에 미치지 못하면 버림당했다

내가 생각한 것만큼 쉬운 삶이 아니었다

세상에 쉬운 삶은 없었다

✦ 10대

모두가 청춘이라고 하는
저 십 대입니다 하면
다 부러워하는 그 나이
그 나이에 살고 있다

미래가 창창하다며
넌 실패해도 시간 많다면서
우리의 생각은 들어보지도 않는다

저희도요
미래가 무섭고요
실패가 두려워요

희망적인 이야기는 감사합니다만
저희의 이야기도 들어주세요

내가 사랑했던 그때

✦ 잘못했어요

내가 입버릇처럼 하고 다녔던 말
"잘못했어요."

그냥 제가 다 잘못했으니까
그러니까 절 다시 사랑해주세요

사랑받지 못하고 버림받는 건
너무 무서워요

잘 몰라서 그랬어요
그러니까 알려주세요

그럼 더 괜찮은 사람이 될게요

잘못했어요

✦ 진로

없어도 불안하고

있어도 불안한 너란 존재

없을 땐
나만 없는 것 같아
나만 아직 못 정한 것 같아
장래희망 물어보면 뭐라고 하지?
아 진짜 꿈이 없을 수도 있는데
왜 자꾸 어른들은 꿈이 뭐냐고 물어보지
진짜 빨리 정해야겠다

내가 사랑했던 그때

있을 땐

그렇게 어렵게 정한 꿈인데 바뀌면

그동안 고민한 나는 뭐가 되는 거지?

내가 이게 꿈이라고 말하고 다녔는데

못 이루면 내가 말한 건

다 어떻게 되는 거지?

거짓말쟁이가 되는 건가

내 꿈이 이거라고 말했을 때

너 성적으로 여길 어떻게 가

하고 비웃는 사람이 있으면 어쩌지

그러면 안 되니까 공부 열심히 해야지

내 꿈을 현실적으로 이룰 수 있을까

괜히 이걸 꿈으로 정한 것 같아

없어도 고민 한가득 있어도 고민 한가득

✦ 기회

저에게 한 번만 더 기회를 주세요

더 잘 살 수 있는 기회
더 행복해질 수 있는 기회
더 주변 사람들을
행복하게 해줄 수 있는 기회

한 번만 더 해보면
진짜 잘할 수 있을 것 같아요
기회를 한 번만 더 주세요

실망시키지 않을 자신 있어요

내가 사랑했던 그때

✦ 다정한 사람

날 버릴 거면 다정하지 말아줘

내가 마음을 주기 전에 떠나줘

안 그러면 내 마음을 다 뺏겨
나를 돌볼 마음까지 줘버리는데
가버리면 내가 너무 상처받아

그 상처가 너무 오래가서 쓰라려와
약을 발라도 아물지 않아

그래서 괴로워

아파

✦ 새벽

뜬눈으로 밤을 지새우면 맞이하는 새벽
또 하루가 시작될 거란 생각에
괴로웠던 새벽

그럼에도 굳게 믿으려고 노력했던 두 가지

해 뜨기 전 새벽이 가장 어둡다는 사실

매일 해가 뜨는 것처럼
하루가 지나가는 것처럼

시간은 흘러 이 새벽이
지나갈 거라는 바람

내가 사랑했던 그때

✦ 청춘

아파서 청춘인 걸까
청춘이어서 아픈 걸까

이 아픔은 언제 끝나

✦ 바다

철썩철썩
고요히 들려오는 파도 소리

날 품어줄 수 있을 만큼 넓은 너
그런 너를 보며 숨을 쉰다

너를 보면 뭐라도
해낼 수 있을 것 같은 기분이야

날 품어줄 수 있을 만큼
넓은 마음을 가진 사람 또 어디 없나

그럼 내 마음을 말할 수 있을 것 같은데

역시 내 욕심이겠지

✦ 세상에게

나 진짜 열심히 살았는데 왜?
나한테 왜 이러는 건데
날 왜 힘들게 하는 건데
왜?

이유나 알자
그래야 안 억울해하고 살지
이유라도 알아야 맘껏 울지

이유를 몰라
오늘도 억울하게 눈물만 뚝뚝

✦ 학교

존경스러운 선생님들
사랑스러운 친구들
재밌는 수업시간
더 재밌는 쉬는 시간
매점 가는 점심시간

힘들어하는 나

그래도 너무 좋았다

그 분위기, 가끔은 그립다

✦ 고비

매일 밤
오늘은 또 어떻게 잠들어야 할지
오늘은 또 이 고비를 어떻게 넘겨내야 할지

그래도 이 고비가 찾아올 때마다
나의 생각은 더 깊어지는 것 같아

근데 내 생각
깊지 않아도 좋으니
고비가 안 찾아왔으면 좋겠어

✦ 꿈

난 보고 싶은 사람이
항상 그날 밤 꿈에 나왔어

근데 진짜 영영 볼 수 없어
아쉬움조차 빼앗아 간 사람은
안 나오더라

그게 항상 아쉬워
꿈에서라도 보면
그때의 기억을 되살릴 수 있을 텐데

그 기회조차 없는 것 같아
정말 미련이 없다

꿈에서라도 널 보고 싶은데

✦ 자존감

아침
난 세상을 씹어 먹을 아이

점심
난 세상과 싸울 수 있어

저녁
난 세상에게 씹어 먹혔어

✦ 열여섯

그래도 행복할 줄 알았던
열여섯이면 예비고등학생이니
다 컸다고 느낄 줄 알았던
모든 사람의 걱정을 제일 많이 샀던
외로웠던

가장 많이 울었던,

그랬던 나의 열여섯

✦ 이어폰

세상과 나를 끊기 위해
사람과 나를 끊기 위해
힘듦과 나를 끊기 위해

귀를 막아본다

✦ 회의감

"넌 보면 회의감이 들어"

참 많이도 들었다
늘 똑같이 나아지지 않는 날 보다 보면
생기는 마음일까
들어도 들어도 적응이 안 된다
항상 들을 때마다 가슴이 철렁한다

이 사람도 날 떠나진 않을지

위로의 이야기

2장

수고했어

✦ 눈덩이

작은 아픔들은 불편함이 되고
이 불편함은 나의 일상을 방해한다
일상을 방해받다 보면
작은 아픔들은 큰 아픔이 되어있다
그래서 속상하다
마치 눈밭에서 구르는 눈덩이 같아서

나도 모르게 커져있는 아픔들을 보면
내가 감당해낼 수 없을 것 같으면서도
꾸역꾸역 해내는 날 보면
대견하기도 해

그래도 눈덩이는 봄이 되면 녹으니까

나만의 봄을 기다리자

내가 사랑했던 그때

✦ 상처

아픔은 오롯이 나의 것이야
흉터는 보면 괜히 아파와
아픔과 흉터로
더 단단한 내가 됐다는 걸 난 알아

그래도 상처를 숨기진 말자
더 커지고 치료가 힘들어지니까
그럼 오롯이 감당해야 할 아픔만 커지니까

상처 말고도 단단해질 방법은 많으니까

✦ 멈춰있다

나만 멈춰있다는 것 같다는 생각
세상에서 제일 괴로운 생각

근데 지금 와서 생각해보니
나만 멈춰있던 시간은
단 1초도 없었다

그래도 난 살아있었으니까

살아있는 것만으로도 충분하니깐

✦ 자유

장점
내 마음대로 할 수 있다

단점
내 마음대로 할 수 있다

✦ 다행

오랜만에 봤는데 얼굴 좋아져서 다행이야
네가 나아져서 다행이야
편안해질 수 있어서 다행이야
그때보다 상황이 나아져서 다행이야
잠을 잘 자서 다행이야
잘 먹어서 다행이야
친구들이랑 잘 어울려서 다행이야

걱정 가득했는데

그냥 다,
네가 살아있어서 다행이야

내가 사랑했던 그때

✦ 도망

도망치고 싶다

도망치는 게
비겁한 행동이 아닌
용기 있는 행동이라고
생각하는 사람이 있었으면 좋겠다

나의 도망을 응원받고 싶어
왜냐면 도망가는 내가 제일 무섭거든

난 너의 도망을 응원할게

꼭

✦ 핑계

다 내 잘못이라고만 생각했던 그때의 나
하루쯤, 한 번쯤은 남 핑계도 대볼걸

핑계 한 번 대보지 못한 나에게
아쉬움이 들어

남들에게 모두 나누어주었던 그 따뜻함,
이제는 나에게도 베풀 수 있길

할 수 있지?
네, 할 수 있어요

✦ 하루

길게만 느껴지던 하루
그렇다고 뭔가를 해보려면
마법처럼 짧아지던 하루

이 길고도 짧은 하루를 살아내기 위해
나는, 우리는
실패하고 또 실패해도
다시 일어나고 노력한다

그래서 너무 버겁게
느껴지는지도 모르겠다
오늘 하루를 살아내느라,
버터 내느라 우리 너무 수고했다

그러니 우리의 날들 중 하루쯤은
나를 위해 살아도 되지 않을까

✦ 그날

누구에게나 그날이 있다
다시는 기억하고 떠올리기도 싫은 그날

근데 그런 그날도 있다
떠올리기도 싫은 그날이 잊혀질 만큼
행복했던 그날

행복했던 그날들이 쌓여가며
힘들었던 그날을 잊어가는 것 같다

완전히 잊지는 못하겠지만
행복한 날들로 덮어가며 살아보자

같이, 함께

내가 사랑했던 그때

✦ 아이

아이야
지금 많이 힘들지?

하지만 절대로
그 힘듦으로
너의 인생이 마무리되지 않아
절대로

이번 한 번만 어른을 믿어줘

꼭 행복으로 데려다줄게

✦ 새싹

쑥
쑥
쑥

하루가 다르게 자라나는 새싹들

뭘 먹고 그렇게 잘 자라나는지
부럽다

나도 마음이 쑥쑥 자라
어른이 되었으면 좋겠다

마음 자라는 데는 따스함이 최고라던데
저에게 따스함을 선물해주세요

내가 사랑했던 그때

✦ 너 없으면 안 돼

애써 웃으며 겨우 눈물을 참았던 그 말
"너 없으면 안 돼."

난 항상 없어져도 된다고 생각했었는데
아니 없어지는 게 맞다고 생각했었는데

다른 사람들에겐 내가
필요한 존재였나보다
쓸모있는 존재였나보다

참 다행이다

✦ 내일

내일이 있다는 희망을 가지라는 말을
내일이라는 절망이 있다고 들었고

그럼에도 절망 속에 살다 보니
내일이 보였다

희망이 보였다

내가 사랑했던 그때

✦ 포근해

포근이란 그 이름
생긴 것도 어쩜 동글동글 포근하게 생겼니

포근한 그 기분이 너무 좋아
날 따뜻하게 안아주는 느낌이어서

너도 꼭 포근한 느낌을 느꼈으면 좋겠다
내가 안아줄게

꼬옥

✦ 온기

추운 겨울 핫팩처럼
내 삶에 따뜻하게 손 내밀어준 너
많이 고마워

너도 추울 텐데
얼어있는 나에게 온기를 나눠줘서
덕분에 손발이 녹아서
다시 움직일 수 있었어

움직여 생긴 온기를 나도
다른 사람들에게 나눠줄게

너처럼

✦ 포옹

말없이 안아주는 것만큼
좋은 위로가 없다
그 포옹 속에는
위로, 공감, 조언 모든 게 들어있거든

내가 안아줄게
언제든지 달려와 안겨줘

✦ 후회

참 많은 순간을 후회했다

발표하고 싶은데 손을 들지 못한 것
새로운 경험을 해보지 못한 것
친구들과 더 추억을 쌓지 못한 것

사랑한다고 말하지 못했던 것

그래도 이 후회가 있었기에

지금 발표가 하고 싶으면 손을 들고
새로운 경험을 하려고 노력하고
친구들과 더 추억을 쌓으려고 하고

사랑한다고 마음껏 표현한다

역시 허튼 경험은 없었다

내가 사랑했던 그때

✦ 불안

내가 지금 불안해하고
걱정하는 것은
분명 내가 부족해서가 아닌
간절해서라는 걸 잊지 말기

간절하다는 건
내가 그만큼 진심으로
원한다는 것을 잊지 말기

진심으로 원하면
이루어진다는 것도 잊지 말기

그러니까 불안해하지 말기

✦ 과정

"결과보다 과정에서 얻는
성장이 더 중요하다."

내가 초등학교 6학년 시절
자신의 좌우명 적어보기 시간에
적었던 문구이다

근데 조금 더 살아보니
사람들은 결과를 중요시했고
사람들의 칭찬을 먹고 사는 나는
결과도 중요하다는 걸 깨달았다

그래서 바뀐 나의 좌우명
"과정이 결과를 만들고
결과가 과정을 빛내 줄 거야"

내가 사랑했던 그때

열심히 살아서 좋은 결과를 내면
사람들은 과정을 인정해줄 거라 믿고 있다
과정도 빛날 거라는 믿음

그 믿음이 세상 때문에
변치 않았으면 좋겠다

✦ 칭찬

칭찬 하나에 목숨 걸고 달려들던 과거의 나

잘하네? 소리 한 번 들으려
밤을 새우던 과거의 나

칭찬받을만한 성적표 한 번 받으려
12시간씩 공부하던 과거의 나

나에게 스스로 칭찬해줄 순 없던 거야?

그때는 못 했어도 지금 내가 해줄게

잘했어, 잘하고 있어, 잘할 거야.

내가 사랑했던 그때

✦ 우주

우주에서 보면
우린 아무것도 아닌 것처럼 보일 거야
그래도 우리의 시선은
우주에 존재하지 않으니까
가까운 사람의 힘듦은
보며 살 수 있는 위치니까

두리번두리번하며 주위를 살펴봐 줘

너의 두리번 한 번이
너의 소중한 사람을 지켜줄 거야

✦ 내가 나에게

내가 나에게 해줄 수 있는 것
비난 욕설 나쁜 말 상처 주기

근데 이것도 해줄 수 있다는 걸 명심해

칭찬 맛있는 음식 예쁜 말 좋은 곳
위로 초콜릿 취미 꽃 선물 데이트

내가 사랑했던 그때

✦ 내편

내가
울고 있든
화를 내든
웃고 있든
삐져 있든

항상 내 편이 되어 주어서 감사합니다

✦ 너의 존재

네가 있었기에
난 그 시간을 버텼어

그러니까
내 곁을 떠나지 말아줘

항상 고마워
너무

✦ 거북이

느리면 뭐 어때
오래 살잖아

느려도 괜찮아
마치 거북이처럼

우리 힘들 때는
거북이를 생각하며 살자

거북이도 물에 들어가면 빠르잖아
너도 물이 차오르는 중일 거야

다 차오르면 힘껏 헤엄치라고
지금은 충전하라고

✦ 만큼

내가 사랑을 받은 만큼
사랑을 줄 수 있는 사람이 되면 좋겠다

내가 사랑을 준 만큼
사랑을 받을 수 있으면 바랄 게 없겠다

✦ 파괴

나를 파괴하고 싶은 마음이 든다
이런 마음이 들 때는
나를 혼내주고 싶다
근데 혼내다 보면
또 내가 너무 불쌍하고 안쓰러워서
눈물이 난다

이런 경험이 있을까?
있다면 우리 서로 위로해주자

토닥토닥

✦ 내가 사는 방법

사는 데 방법이 있을까

그저 오늘보다 내일 더
무언가를 사랑하고
좋아하는 사람을 만나고
더 행복한 시간을 보내는 것

그것뿐

살아가는 데 특별한 방법은 없는 듯하다
그래도 나만의 꿀팁은
힘들 땐 과거를 떠올려보는 거?
분명 행복했던 일 한 가지는 있을 거거든

✦ ()

사실 하고 싶은 말이 있어요

(나 때문에 힘들지 않았으면 좋겠다)

희망의 이야기

3장

이젠 행복

✦ 꽃

봄엔 개나리
여름엔 장미
가을엔 코스모스
겨울엔 동백꽃

사계절 내내 피어나줘서 고마운 꽃들
근데 꽃이 꼭 너 같다

봄에 피지 않아도 걱정 마 여름에 필 테니
여름에 피지 않아도 걱정 마 가을에 필 테니
가을에 피지 않아도 걱정 마 겨울에 필 테니
겨울에 피지 않아도 걱정 마 봄에 필 테니

오늘도 꽃 피울 시기를 기다리며

꿋꿋하게

내가 사랑했던 그때

✦ 끄적끄적

어제도 오늘도 내일도
끄적끄적

끄적임의 소중함

예쁜 말 끄적끄적
다정한 말 끄적끄적
멋진 말 끄적끄적

그래서 오늘도 끄적인 말

난 세상에서 제일 소중해

✦ 산책

뚜벅뚜벅
아무 생각도 하고 싶지 않을 때

뚜벅뚜벅
아무것도 할 힘이 없을 때

뚜벅뚜벅
그렇게

난 뚜벅이며 오늘도 한 발자국
전진-

✦ 설렘

여행 3월 시작 도전 소풍

배달음식 내가 시킨 택배

구름 연애 포옹 최애 미소

학교 비 오는 날 두근두근

책 첫사랑 잔디밭 산들바람

초등학생 때 이빨요정한테 선물 받으려고 베개 밑에
이 숨겨두고 자리에 누웠을 때 느껴지는 기분

✦ 모든 것들은

모든 것들은

네가 생각하고 상상하고 원한 대로

모든 것들은

네가 떠올리고 뜻하고 바란 대로

그렇게 될 것이다

얍!

✦ 무작정

무작정 일을 시작해버리는
의욕을 응원해

무작정 일을 그만둬버리는
용기를 응원해

무작정 일단 살아보는
너를 응원해

✦ 돌이켜보면

돌이켜볼까?

유치원 때
초등학생 때
중학생 때
고등학생 때

가끔은 과거의 내가 부럽기도 해
부럽다는 것은 그때 기억이 행복했던 거지
그래도 지금의 내가 제일 좋아

지금 난 행복하니까

내가 사랑했던 그때

✦ 벚꽃

매년 같은 자리에 피어나
사람들을 행복하게 해주는 벚꽃

부러워
대단해

나도 사람들을 행복하게 해주고 싶다
나로 인해 행복한 사람이 있었으면 좋겠다

벚꽃을 보고 생긴 나의 작은 소원

✦ 꿈

소중한 존재
희망이 되어주는 존재
아껴줘야 하는 존재

다 부질없다가도 꿈을 생각하면
다시 확신이 생기고
미래를 기대하게 해주는 신기한 존재

내 꿈아, 사라지지 않고
내 곁에 계속 있어줘서 너무 고마워

너를 이루게 되는 그날까지
나 많이 노력할게
잘 살아볼게

내가 사랑했던 그때

✦ 핑크

하얀빛을 띤 엷은 붉은색.

출처는 국어사전

아니야,
그냥 내가 제일 좋아하는 색
세상에서 제일 사랑스러운 색

네가 느끼는
제일 사랑스러운 색도 말해주라

연락할 때 그 색 하트로 보내게

✦ 5월

난 5월이 참 좋다
여러 기념일들을 핑계로
사랑스러운 말들을 전할 수 있기 때문에

몇십 개의 편지를 쓰다 보면
지칠 때도 많았지만
이때 아니면 언제 전해보겠어
하고 열심히 끄적인다

그래도 다들 내 따뜻한 말들을
좋아해주신다
그러다 보면 나도 마음이 따뜻해진다

내 따스함 전달에 성공한 것 같아
기분이 좋아진다

내가 사랑했던 그때

따스한 말을 더 따스하게
받아주셔서 감사해요

✦ 사랑

어떨 땐 나를
가장 행복하게 해주면서
어떨 땐 나를
가장 힘들게 하는 존재

변덕쟁이 같아
이랬다저랬다

그래도 날 살아가게 해주는 존재,
사랑

사랑하기 때문에
삶의 이유가 생기고

사랑하기 때문에
내일이 기대된다

✦ 꼬물이

오늘도 꼬물꼬물
우리 집 햄스터
낮에는 쿨쿨 밤에는 빙글빙글

내가 울고 있을 때
너와 함께면 웃음이 나왔어

나랑 함께했으면 좋겠다

영원히

✦ 나

생각에서 제일 나를 모르는 사람

그렇게 미워하다가도
제일 행복하기를 바라는 사람

못살게 굴면서도
잘살았으면 좋겠다고 생각하는 사람

상처를 주면서도
아프지 않았으면 하는 사람

그건 바로 나

그러니 이제는 나를 알려고 노력하고

제일 행복할 수 있게 해주고

잘 살 수 있게 해주고
아프지 않게 잘 돌봐줘야 한다

그래야 사랑스러운 내가 될 수 있다

✦ 우산

방학숙제였던 우산 없이 비 맞아보기

비가 오는 날엔
당연히 우산을 써야 하는 거고
우산 없이 비를 맞아볼 거란
생각은 하지 못했다
더군다나 내가 스스로
우산이 있는데도 안 쓰는 것

근데 진짜 낭만이고 추억으로 남아있다

점점 젖어가는 옷가지
팔에 느껴지는 시원하며 상쾌한 이 느낌
물이 똑똑 떨어지는 머리카락들

모두 우산이 없었기에 할 수 있었던 일

내가 사랑했던 그때

가끔은 없이 살아도 좋을 것 같아

✦ 밤

생각이 많아지는 밤
신기해

다 꺼진 불 속
나에게만 집중할 수 있어서 그런가

그래도 하루에 한 번쯤은
나에게 집중할 수 있는
시간이 있는 게 감사해

해가 지기를 오늘도 기다린다

내가 사랑했던 그때

✦ 용서

이제 그만 과거의 나를 용서해줘
내가 얼마나 힘들었으면 그랬을까

이제 후회 가득한 과거는
마음속으로 넣어두고

앞으로의 날들을 꿈꿔보자

과거에 붙잡혀있기엔
인생에 너무 아깝잖아

✦ 편지

다른 선생님들이 네 칭찬 할 때마다
내 자식 자랑하듯 뻐길 수 있었거든 에헴

내년에도 올해의 지은이처럼
항상 행복하고 웃음이 많은
지은이 모습 간직하렴♡

우리가 만나서 아픔을 나눈 건
우연이 아니라 운명이라고 생각해
이 운명을 잊지 말고 살아야 해 지은아

내가 사랑했던 그때

✦ 당연했던 말

치료받으면 좋아지는 건 당연하니까

아는 언니가 해준 말
진짜 당연한 이야기인데
난 몇 년을 잊고 살았다

당연한 이야기를 잊고 살아가지 않도록
익숙함에 속아 괴로워지지 않도록

✦ 모교

찾아뵈면 뭐라도 주고 싶어
항상 서랍을 뒤적이며 찾아주신다

그 마음이 너무 소중하고 감사해서
받아오면 사진 찍어두고 잘 간직한다

뭐라도 챙겨주고 싶어 하시는 마음
항상 감사해요

꼭 보답할게요

내가 사랑했던 그때

✦ 내일

내일 말고
오늘 할 말은
오늘 다 해주는 걸로 하자

특히 사랑스러운 말들
예를 들면

사랑해
사랑해
사랑해

✦ 조금만 더

"조금만 더 해보자."

"나 너무 힘들어서 못 하겠어."

"아니, 사는 거 말고 우리 조금만 더
행복해져 보자, 내가 도와줄게."

✦ 그건 아마

그건 아마 너의 잘못이 아닐 거야

그건 아마 너의 탓이 아닐 거야

그건 아마 너를 아프게 하려고
의도하진 않았을 거야

그건 아마 널 성장 시켜줄 발판이 될 거야

그건 아마 네가 행복해질 신호일 거야

✦ 달

항상 어둠 속에서 빛을 내는 너
참 닮고 싶다

그 용기를

캄캄한 어둠 속에서도
온전히 밝게 빛내는 용기

나도 캄캄한 우울 속에서
내 빛을 내는 용기를 가진
사람이 되어야지

✦ 오늘 하루

너에게 묻는다

"오늘 하루는 어땠어?"

네가 행복했으면 좋겠어
터널 끝에 얻은 행복은 더 행복했거든

너도 그 기분을 느껴봤으면 좋겠다

✦ 그저

크게 바라는 게 없다

그저 주변 사람들과 하하호호 떠들면서
행복하게 시간을 보내고 싶을 뿐
그저 내가 상처받지 않길 바랄 뿐
그저 사랑하는 사람과 함께 있고 싶을 뿐

지금은 다 이뤄서
세상에게 바랄 게 없다

내가 사랑했던 그때

✦ 장미꽃길

가시밭길이었던
그 길은
사실 꽃길이었어

그러니까
이젠 행복할 일만 남은 거야

END

"너의 행복의 힘은 아픔보다 강해."

이 말의 힘을 모두가 알게 되기를

이 책이 덮이게 되는 순간
저 말은 더 멀리로 퍼져나가길

내가 사랑했던 그때

초판 1쇄 발행 2023. 10. 2.

지은이 노지은
펴낸이 김병호
펴낸곳 주식회사 바른북스

편집진행 박하연
디자인 양헌경

등록 2019년 4월 3일 제2019-000040호
주소 서울시 성동구 연무장5길 9-16, 301호 (성수동2가, 블루스톤타워)
대표전화 070-7857-9719 | **경영지원** 02-3409-9719 | **팩스** 070-7610-9820

•바른북스는 여러분의 다양한 아이디어와 원고 투고를 설레는 마음으로 기다리고 있습니다.

이메일 barunbooks21@naver.com | **원고투고** barunbooks21@naver.com
홈페이지 www.barunbooks.com | **공식 블로그** blog.naver.com/barunbooks7
공식 포스트 post.naver.com/barunbooks7 | **페이스북** facebook.com/barunbooks7

ⓒ 노지은, 2023
ISBN 979-11-93341-51-3 03810

•파본이나 잘못된 책은 구입하신 곳에서 교환해드립니다.
•이 책은 저작권법에 따라 보호를 받는 저작물이므로 무단전재 및 복제를 금지하며,
이 책 내용의 전부 및 일부를 이용하려면 반드시 저작권자와 도서출판 바른북스의 서면동의를 받아야 합니다.